LE NOUVEAU DOYEN

DE

KILLERINE;

Comédie en trois Actes, en prose.

Repréſentée au Château de ★ ★ ★, le 17 Octobre 1788.

A L'ENVIE;

Chez tous les Libraires du Royaume:

1790.

J'ÉTOIS en 1788, vers le milieu d'Octobre, à la Campagne dans un Château, où l'on commençoit à s'ennuyer: Les promenades étoient plus courtes, les foirées plus longues; on étoit las du jeu; & des difcuffions politiques: Tout-à coup, l'on proposa de *jouer la Comédie;* & ce fut auffitôt un cri d'allegreffe, & d'approbation générale.

—ET vite, ouvrez votre portefeuille, me dit-on. —Volontiers, Meffieurs, & Mesdames! Lisez, & choififfez. Mais à l'examen, telle Pièce ne pouvoit cadrer avec les Acteurs; l'autre, exigeoit des décorations; celle ci étoit trop grâve : &-puis la Grand'mère, qui furvint, ne permit qu'on jouerait la Comédie, qu'à condition qu'il n'y aurait point d'amour.

POINT d'amour! Je m'avisai, pour fatisfaire la Société, & la Grand'mère, femme d'une phisionomie augufte & refpectable, de reprendre un caractère, une fituation, & une fcène d'une de

A 2

mes anciennes Pièces (*), & d'y joindre l'Acte des *Tableaux* de la Pièce anglaise de *Sheridan*, intitulée, *L'Ecole du scandale* : Par ce moyen, il ne me fallut que *deux jours*, pour répondre au desir des Acteurs, qui étoient fort impatiens de tenir leur rôle. Ainsi le chef-d'œuvre fut *fait*, & *parfait*. Nous jouames la Comédie ; nous nous amusames beaucoup. Tous les lieux circonvoisins vinrent, & applaudirent ; la Grand'mère me combla de bénédictions. On redonna la Pièce ; tous les bons Paysans y assistèrent. On me claqua comme Auteur, & comme Acteur. Je n'ai jamais été si content de ma vie.

Je dédie aujourd'hui cette Pièce, à tous Ceux qui s'ennuieront vers la fin de l'automne, dans leur Château, ou

---

(*) Le *Faux Ami*, imprimé en 1771. Depuis un Auteur allemand, le Baron de Germingen, en a pris le canevas & les situations, dans une Pièce intitulée, *Le Père de Famille* ; & l'Auteur de la petite Pièce, *les Epoux réunis*, représentée aux *Italiens*, a copié le *Père de Famille*.

dans leur maison de campagne: Et j'ai reconnu par expérience, que les amusemens brusques étoient les plus agréables de tous : C'est une petite vérité, qu'il est bon, je crois, d'énoncer en passant.

Depuis cette époque, nombre d'Auteurs ; se sont aussi emparé de l'Acte des *Tableaux* de *Shéridan*, acte unique, & qui a réussi, sur tous les Théâtres de l'Europe, mais chacun l'a traduit, enchassé, ou imité à sa manière: Il m'a semblé que pour un plus grand effet, il devoit être entièrement séparé de la Pièce, & porter sur d'autres bases, que sur le contraste, trop rebattu de deux Frères, d'un caractère diamétralement opposé.

Le comique de l'Acte des *Tableaux* étant fort alteré, à mon avis, dans la *Pièce* anglaise, par des teinteslugubres, il m'a fallu les éviter, sûrtout dans un joli Château, & au milieu d'une riante campagne. Depuis, la Grand'mère m'ayant prié de faire imprimer, pour l'édification publique, la *Pièce sans amour*, & m'ayant assuré, en outre, que j'avais parfaitement réuffi, je remplis fa volonté, & je m'en tiens à fa decision

P-.S. L'Auteur avoit compté, au mois de Fevrier dernier, de faire *un présent* au fpectacle des *Variétés*, en lui donnant l'Acte de *Shéridan*, & en plaçant fur ce Théatre, fouillé par des Pièces ineptes, ou dégoutantes, quelque peu de *raison*, & de *morale*. Qu'eft-il arrivé? C'eft que les Directeurs, les Acteurs, & le Souffleur de ce Théâtre, qui font tous, dit-on des *Auteurs*, n'ont voulu repréfenter qu'une feule fois l'Acte de *Shéridan*, & fe font mis à jouer, & rejouer *Ricco*, *Affaut de fourberie*, les *Intrigans*, &c. On croit en effet, qu'il leur étoit très-difficile de fortir de leur élément, & qu'ils ont bien fait, tout confidéré, d'abandonner l'Acte de *Shéridan*, & de revenir entièrement à leurs compositions.

Dans la regénération actuelle des chofes, l'on ne fauroit faire trop de vœux, pour que l'on épure tous ces petits Théâtres, ou l'on verfe au Peuple le double poison du mauvais goût & de l'immoralité: Pour cet effet, je ne vois

qu'un moyen ; c'eft d'anéantir tout pri-
vilége quelconque, & de laiffer ouvrir
un Spectacle, comme l'on ouvre une falle
de *Reftaurateur:* Ce qui donnera l'effor
au génie, & multipliera, pour la Capi-
tale des reffources qu'elle ne peut trouver que dans les Arts : Mais de fou-
mettre en même temps, tous les Ou-
vrages dramatiques, à l'infpection d'u-
ne Magiftrature littéraire, que je crois
très-utile, pour ne pas dire indifpen-
fable.

PERSONNAGES:

M. O-DONEL oncle.

M. LENÉGAN, époux de Mademoiselle
Sophie O-Donel.

Mme LENÉGAN, nièce de Monsieur
O-Donel.

REHDI, leur fils.

PATRICE, vieux serviteur de Monsieur
O-Donel.

M. O-DONEL nevèy.

Plusieurs DOMESTIQUES.

La scène est à Paris.

LE NOUVEAU DOYEN
DE KILLERINE;

Comédie en trois Actes, en prose.

ACTE PREMIER.

SCÈNE PREMIERE.

O-DONEL oncle, *assis, écrivant*, PATRICE.

PATRICE.

NE vous lasserez-vous point, mon cher Maître, de fatiguer votre vie pour l'intérêt des autres ? Vous vous donnez, chaque jour, des tourm....

O-DONEL oncle.

Le plus affreux tourment, mon cher Patrice, c'est de ne pouvoir soulager ce qu'on aime. ... Tiens, tu porteras cette Lettre...

B

PATRICE.

Mais, vous n'êtes jamais en repos, toujours des courses pour autrui... Cousins, Neveux... pourquoi ne pas laisser aller le monde comme il veut, sans vous tant inquietter pour le rendre meilleur.... Et votre santé, mon cher Maître, qui en souffre,...

O - DONEL oncle.

Laisse, laisse! les bonnes actions mettent du baume dans l'ame, le baume de l'ame passe dans le sang, & de là, la santé dans toutes les parties du corps. Va, si l'on fesait plus de bonnes actions, l'on se porterait toujours beaucoup mieux.

PATRICE.

Quand les Medecins prescriraient une pareille ordonnance, trouveraient-ils gens à pareil régime? Je doute fort qu'ils fissent fortune.

O - DONEL oncle.

Eh! mon ami, on en trouverait plus qu'on ne pense: nous sommes tous nés pour être bons; il n'est point d'homme qui ne porte dans le cœur des semences de vertu prêtes à éclorre. Ce qui le prouve, c'est que la bonté est une vertu qui n'a souvent besoin que de l'exemple, pour se développer, ou des occasions pour s'accroître.

PATRICE.

Vous agissez comme vous pensez; mais quitter l'Irlande, à votre âge, croyez-vous avoir bien fait?

O - D O N E L oncle.

Comment! fi j'ai bien fait! ah! quand je
puis efpérer le repos de ma Nièce, le retour
de fon bonheur, m'étoit - il permis de me dif-
penfer de ce devoir? Je l'ai mariée, n'eft-ce-
pas à moi de la reconcilier avec fon Epoux?..
Mais tu les a vûs hier!

P A T R I C E.

Oui.

O - D O N E L oncle.

Eh - bien!

P A T R I C E.

Les Epoux avoient encore du froid; il y. a
là quelque chose que je ne devine pas; mais
à vous parler fans détour, mon cher Maître,
ils font mal enfemble.

O - D O N E L oncle.

Oh! il s'éleve toujours quelques nuages
entre les Epoux les mieux unis; mais cela
s'appaise: L'humeur eft fi facile à germer
dans les cœurs délicats! Et-puis, quelque
vertu qu'ait une Femme, le caprice ne perd
jamais fes droits... Et mon Neveu, lui-as tu
laiffé ignorer que j'étois arrivé?

P A T R I C E.

Je vous certifie qu'il ne s'en doute pas;
d'ailleurs diftrait par fes plaisirs, il eft devenu
un Jeune-homme à la mode.....

O - D O N E L oncle.

C'eft-à-dire, une tête fort vuide.

PATRICE.

Il se fatiguera volontiers vingt-quatre heures de suite, & le tout, pour mieux assaisonner un plaisir d'une minute.

O-DONEL oncle.

L'Etourdi ! qu'il a mal répondu aux soins que tu as bien voulu lui donner, par amitié pour moi !

PATRICE.

. Je n'ai rien négligé pour répondre à votre confiance. Attaché constamment à ses pas ; je vous ai tout dit ; la vertu de l'amitié ne consiste pas dans une discrétion nuisible à un Jeune-homme ; mais je voudrais pourtant bien, cette fois-ci, retourner avec vous, car le voila lancé dans le monde, & il m'échappe.

O-DONEL oncle.

Patiente encore, de grâce ! Puis-je l'abandonner à lui-même ? Je me souviens des dernières volontés d'un Frère mourant, & des saintes promesses par lesquelles je me suis engagé à prendre soin de ses enfans. Mon ami, les liens de la Nature l'emportent par eux-mêmes sur toutes nos autres obligations. D'ailleurs, c'est mon intention de ne retourner en Irlande, qu'après que ma présence aura cessé de leur être nécessaire.

PATRICE.

Puissent-ils mériter votre affection !

O-DONEL oncle.

Oh ! du caractère dont je les connois , ils

m'aimeront. Inftruit de toutes les étourderies de mon Neveu, il ne me fera peut-être pas impoffible d'y remedier. Il ne me croit pas fi près de lui, n'eft-il pas vrai?

PATRICE

Il en eft loin! mais vous arrivez à temps, fi vous voulez l'obliger; car il eft aux expédiens. Vainement je lui ai dit plusieurs fois: Une première dette, Monfieur, eft le germe fatal de nouveaux emprunts onereux, qui toujours caufent de la honte, des inquiétudes, de longs regrets, un mal-aise humiliant, & qui altèrent enfin la confiance d'autrui.... Il riait de ma rhétorique.

O - DONEL oncle

Que je ferais heureux encore, fi je lui trouvois du moins le cœur de fon Père !... Tu dis donc qu'il fe trouve dans l'embarras?

PATRICE.

Quand je lui rends visite, je rencontre toujours quelques Porteurs d'exploit, & je m'en afflige plus qu'il ne le fait lui-même.

O - DONEL oncle, *foupirant*.

Va trouver ma Nièce ; recommande lui bien de taire mon arrivée en cette Ville. (*il va pour fortir.*) Ecoute ; mais tu ne m'as rien dit...

PATRICE.

Je vous ai dit tout ce que je favais....

O-DONEL oncle.

Ce n'eft pas cela ! dis-moi, prononce-t-il quelquefois mon nom?

PATRICE.

Oui, fouvent! mais il vous croit en Irlande, & comme il ne vous a vu que dans fa première enfance, il me demande de temps à autre, quelle eft votre taille, votre fon de voix, votre démarche, le fond de votre caractère...

O - DONEL oncle.

Il falloit lui répondre, d'un ton ferme, que je fuis févère; que je ne pardonne point certains déportemens; que je ferai rigoureux, s'il fort de fon devoir, & que s'il ne fe corrige pas, il....

PATRICE.

Oui, mais commenr faire valoir de pareilles raisons, quand vos Lettres font fi pleines d'indulgence, & qu'il compte abfolument fur la bonté de votre cœur?...

O - DONEL oncle

Il n'a pas tort! J'ai tant aimé mon pauvre Frère, qu'il me faut cherir fes enfans: c'eft un fentiment doux & profond, que je ne faurois combatre; car après dix - huit mois de féparation, il m'a fallu les fuivre en France. M'y voici; je les verrai l'un après l'autre. Va, & tu viendras me faire part de tout ce que tu auras vu.

PATRICE *à part.*

C'eft un de ces Hommes qui aiment la vertu, comme les Muficiens aiment l'harmonie; on ne fauroit fe détacher de ces bons cœurs- là. Il faut vivre & mourir avec eux. *Il fort.*

SCÊNE II.

O-DONEL oncle *feul.*

QUEL jour à la fois terrible & touchant, que celui, où comme Père, ou comme Oncle, nous remettons la Fille que nous avons vu naître, entre les mains d'un Étranger, & pour lui donner un maître, qui peut-être ne connaîtra fes droits, que pour en abufer! Ma Nièce pourra-t-elle encore être heureufe, après tout ce que j'ai appris? Doute affreux qui feul peut empoifonner le bonheur de ma vie! ... Quelqu'un vient. C'eft fon Epoux!... Parlons, & combattons pour elle.

SCÊNE III

O-DONEL oncle, LÉNÉGAN.

O-DONEL oncle.

BON jour! Monfieur. Qu'avez-vous?

LÉNÉGAN.

Je vous ai déja porté quelques plaintes fur ma Femme?....

O - D O N E L oncle.

On ne doit pas se plaindre de sa Femme, Monsieur.

LÉNÉGAN.

Ses défauts....

O - D O N E L. oncle

On ne peut manquer d'en trouver à la Personne que l'on voit tous les jours.

LÉNÉGAN.

Ma délicatesse est offensée....

O - D O N E L. oncle

Quand elle est extrême, c'est un tourment pour celui qui l'éprouve, & la plus mortelle injure pour l'objet qui l'a fait naître....

LÉNÉGAN.

Ce n'est pas moi qui la trouble, Monsieur, c'est ma Femme; ce que je vous ai dit, n'est rien en comparaison de ce que j'ai à vous dire.

O - D O N E L oncle.

Voyons ? qu'a - t - elle fait ?

LÉNÉGAN.

Il n'y a rien de positif, Monsieur: Je n'ai aucun fait à articuler.

O - D O N E L oncle.

Mais.... il me semble, d'après votre propre aveu, que vous avez tort.....

LÉNÉGAN.

Mais, ne savez-vous pas, Monsieur, qu'une Femme peut tourmenter son Mari de mille manières,

manières, fans que celui-ci ait le mot à dire ? Les Femmes ont des défauts que les occasions feules peuvent dévoiler.

O - D O N E L oncle.

Les Femmes les plus foumises, n'ont point
encore de complaisance affidue.... Mais on
ne peut rendre ingrate une Femme née fenfible. Vous ne penfiez pas ainfi autrefois.
Vous avez fans doute, moins d'amour, &
partant moins de douceur.

L É N É G A N.

J'aime, & je n'ai pas ceffé d'eftimer ; mais
nos caractères ne fympatisent pas affés. Je ne
peux plus entendre parler que de féparation ; il
faut que cela fe faffe fans bruit, fans fcandale,
ou je ferai forcé d'éclater.... Les Tribu-
naux.....

O - D O N E L oncle.

Ah ! vous oubliez, monfieur, qu'il ne faut
jamais mettre le Public dans la confidence des
divisions domeftiques ; il rit avec cruauté, &
finit par condamner les deux parties. Ne lui don-
nons jamais lieu de s'entretenir à nos dépens ;
c'eft le plus grand des malheurs ; les Méchans
triomphent alors ; ils ne fe plaisent dans les
difcordes, que pour mettre les autres à leur
niveau.

L É N É G A N.

Monfieur, fi vous ne vous prêtez pas à une
féparation devenue néceffaire, je vous en pré-
viens, je la rendrai malheureuse.

C

O - D O N E L oncle.

Cela vous feroit impoffible, vous êtes un Homme d'honneur; je ne crains de vous aucuns mauvais procédés. Quand vous ferez plus calme cependant, je vous répondrai?

L É N É G A N.

Vous pouvez me parler des à - présent, Monfieur; je fuis fort calme.

O - D O N E L oncle.

Eh - bien ! que reprochez - vous à ma Nièce ?

L É N É G A N.

Elle me donne des ridicules dans le monde.

O - D O N E L oncle.

Neft - ce que cela ?

L É N É G A N.

Quoi ! Monfieur, ridiculiser fon Mari ! Qu'y a-t-il de plus grâve, s'il vous plait ? Enfin je n'ai jamais raison avec elle, quoi que je dise.

O - D O N E L oncle.

Pourvû que vous l'ayiez dans votre maison, voila, je crois, l'effenciel !.... Allez, nous avons tous des défauts; & des défauts communs, cimentent l'amitié.

L É N É G A N.

Séparez votre Nièce d'avec moi, Monfieur, fi elle vous eft chère.

O - D O N E L oncle.

Et qui fera cet acte de féparation ?

LÉNÉGAN.

Vous - même : vous ferez notre juge, je n'en veux point d'autre ; je ne tiens point à la fortune, vous le favez ; ainfi, il n'y aura aucune difficulté dans les arrangemens.

O - DONEL oncle.

Dites - moi, Monfieur, vous ne haïffez pas votre Femme, je penfe?.... Cet affreux fentiment.....

LÉNÉGAN.

Il s'en faut! fi elle avait fçu ménager mon amour-propre, je n'aurais rien à lui reprocher.

O - DONEL oncle.

L'amour-propre, Monfieur, nous rend encore plus injuftes dans nos actions, que dans nos fentimens. (*errant fur la fcéne : à part*) : Il eft dangereux de fe preffer de fermer la cicatrice d'une plaie ; il en eft de même d'un mal moral. Je tiens le remède, à ce que j'imagine ; mais il faut le préparer par degrés. *revenant à Lénégan.* Et comment fe porte mon petit Neveu ? dites-m'en des nouvelles?

LÉNÉGAN.

Bien, très - bien, Monfieur.

O - DONEL oncle.

Allons, je vois que c'eft un parti pris de votre côté. Il faut éviter tout fcandale. Je me rendrai chez vous tantôt ; que votre Femme s'y trouve avec l'Enfant ; s'il étoit à fa penfion, vous le feriez revenir, j'exige qu'il y foit.

C 2

LÉNÉGAN.

Il y fera, vous pouvez compter là-deſſus.

O-DONEL oncle.

J'y compte. (*à part*). Cet Enfant, avec le tendre intérêt qu'il inſpire, ſervira à mes projets.

SCÊNE IV

O-DONEL oncle, *ſeul.*

Le mal empire ; car l'humeur dans les ames délicates & ſenſibles, va plus loin que la paſſion, que tout le reſte. Voila plusieurs fois que j'appaiſe de loin leurs petits débats ; mais cette fois-ci, le Mari y a mis du calme, au-lieu de la douleur & de l'emportement ; cela commence à m'effrayer ! (*on frappe. Un Domeſtique va ouvrir*). C'eſt ma Nièce.

SCÊNE V

O-DONEL oncle, Madame LÉNÉGAN *ſa nièce.*

O-DONEL oncle.

Eh-bien, ma Sophie !

Madame LÉNÉGAN.

Bonjour, mon Oncle !.. Ces larmes vous

avertiffent... déja... de ce que j'ai à vous dire....

O - D O N E L oncle.

Mon enfant ! pourquoi cette mésintelligence entre vous-deux ? Je fuis bien mécontent ! .... Oui,... Il faut que je vous le dise, vous m'affligez !

Madame L É N É G A E·

Le fais-je moi-même pourquoi? eft-ce ma faute ?

O - D O N E L oncle.

Quand le trouble regne dans un ménage, c'eft prefque toujours la faute de la Femme.

Madame L É N É G A N.

Non, mon Oncle, je vous affure.....;

O - D O N E L oncle

Les Femmes font faites pour être fenfibles ; & non paffionnées ; elles doivent travailler avec foin à modérer la vivacité de leur imagination ; car la douceur & la moderation, font des qua · lités néceffaires à leur félicité, comme à leur gloire. Votre Epoux fe plaint de ce que vous l'avez ridiculifé dans le monde.

Madame L É N É G A N.

Moi ! je n'ai point changé de langage depuis notre union ; mais fon amour-propre eft devenu fi irritable....

O - D O N E L oncle

Irritable ! envérité je n'entends plus la langue qu'on parle aujourd'hui.... Quoi ! dans tout ceci aucun fait d'articulé !

Madame LÉNÉGAN.

C'eſt lui, mon cher Oncle, qui me bleſſe de paroles, & tous les jours : Il s'attache à relever mes défauts, avec une ſorte de triomphe.

O - DONEL oncle.

Eh-bien ! s'il relève vraiment vos défauts, c'eſt l'office d'un Ami ſevère, mais d'un Ami enfin.

Madame LÉNÉGAN.

Hier, comme je répondais moderément, il entra tout-de-ſuite en fureur, & il me parla de ſéparation.

O - DONEL oncle.

Et comment lui avez-vous répondu ?

Madame LÉNÉGAN.

Mais..... il avait pouſſé ma patience à bout.

O - DONEL oncle.

Et..... vous en avez manqué......

Madame LÉNÉGAN.

Je lui ai dit alors, que nous nous... ſéparerions.

O - DONEL oncle *vivement.*

Vous avez eu tort, ma Nièce ! ce n'eſt jamais à une Femme, à prononcer un mot ſi cruel, puiſqu'elle doit le rejeter même de ſa penſée...

Madame LÉNÉGAN.

Il fallait donc que je ſupportaſſe ſes éternelles moqueries, ſans rien dire ?

O - D O N E L oncle, *d'un ton demi-févère.*

Oui, c'était là votre devoir ; la recompenfe eut été alors au-deffus du facrifice. La vivacité du fentiment, dans votre fexe, n'eft pas l'équivalant de la raison, ma Nièce..... (*fe radouciffant*) Et que penfes-tu faire, préfentement ?

Madame L É N É G A N.

Me jetter dans vos bras, & vous prier de me délivrer d'un Epoux, qui ne veut plus vivre avec moi. Aurais-je la faibleffe de lui demande grâce perpétuellement ?

O - D O N E L oncle.

Et tu veux me laiffer la trifte penfée d'avoir permis, autorifé cette union fi malheureufe ?

Madame L É N É G A N.

Que voulez-vous donc que je faffe ?.....•

O - D O N E L oncle.

Effayer ce que peut l'extrême douceur ; elle furmonte tout.

Madame L É N É G A N.

Eh ! quoi ! vous voulez que je m'humilie à ce point ?

O - D O N E L oncle

La Femme qui ramène fon Mari à la tendreffe, s'honore, ma chère Sophie, & ne s'humilie pas.

Madame L É N É G A N.

Mais, à quoi bon tout cela, fi fon cœur eft changé totalement à mon égard ?

O-DONEL oncle

Quand tu lui parleras comme les Femmes parlent, quand elles le veulent bien, tu ne le trouveras point fevère; c'eſt aux foins délicats d'une Femme, qu'il appartient de changer le caractère d'un Homme.

Madame LÉNÉGAN.

C'eſt ſans orgueil que je dis ce que je penſe : enfin, je ferai tout ce que vous exigerez de moi ; mais je ſens que je ne puis guère reculer, après les mots cruels qu'il m'a dits, & les réponſes que j'ai faites.....

O-DONEL oncle

Tu reponds donc, avec cette mine ſi douce ?

Madame LENEGAN.

Et que penſerait-il de moi, ſi je ne lui fesais pas voir que j'ai autant de fermeté dans mon caractère, qu'il peut y en avoir dans le ſien ? J'ai, je crois, autant de raison que lui.

O-DONEL oncle.

Ah ! que de choses à dire, & que les Femmes n'entendent point... Mon Enfant, ſois plus douce, & tout ira bien. J'irai chez toi : Ton Fils y ſera !....

Madame LENEGAN.

Oui, mon Oncle.

O-DONEL oncle.

Et dans ta douleur, tu oublies tout ! tu ne me parle pas de ton Frère ?

Madame

Madame L É N É G A N.

Vous le favez ; fon caractère n'a pû fe fon-
dre, avec celui de mon Epoux: Ils m'écrit des
Lettres toujours un peu folles. Il eft bien
diffipé, & je ne le vois que rarement.

O - D O N E L oncle.

Tu me donneras toutes fes Lettres, Sophie ?

Madame L É N É G A N.

Oui, mon Oncle.

O - D O N E L oncle.

Toutes, entends-tu ? Tu as pris bien
garde de lui dire que j'étois à Paris ?

Madame L É N É G A N.

Je vous protefte qu'il ne s'en doute pas.
Mais il a fallu votre ordre, pour que vous fuf-
fiez obéï.

O - D O N E L oncle.

Embraffe-moi, & retourne chez ton Epoux.
Ne l'aigris point. Adieu, mon Enfant.....
à tantôt.

SCÈNE VI.

O - D O N E L oncle, *feul.*

Il est plus difficile de combatre des fan-
tomes, que des choses réelles. Certes, le

D

chef-d'œuvre de la morale ferait, pour tous
tant que nous fommes, de nous corriger de
l'humeur. Ciel ! favorise le projet que tu
m'as infpiré, & que je jouiffe du plaifir de
les rendre l'un à l'autre, & de contribuer
ainfi au retour de leur bonheur !.... Mais
je dois cacher les moyens que je veux em-
ployer, jufqu'à leur entière exécution.

Fin du I Acte.

ACTE SECOND.

[*La scène est chez* Madame *Lénégan*].

SCÈNE I.

O - DONEL neveu, Mad. LÉNÉGAN.

O - DONEL neveu.

Bonjour, ma Sœur... Où est Patrice?..
Comment te portes-tu?.. Je le cherche par-
tout.... Toujours un peu mélancolique....
Tant pis... Sois donc gaie... Je l'ai chargé
d'une négociation..... Ah! s'il venait à
manquer !....

Madame LÉNÉGAN.

Je me porte bien: Patrice n'est pas ici:
Ma tristesse me plaît, & je me doute, te
connaissant, cher Frère, de ce que peut être
la négociation.

O - DONEL neveu.

Je t'aime, toi! Tu ne me fais pas d'inutiles re-
montrances: J'ai beaucoup d'indulgence pour
autrui, parce-que j'en ai besoin pour moi-
même. Je chéris, à l'extrême, les Personnes

D 2

indulgentes. Puis la vraie bonté est si rare!

Madame LÉNÉGAN.

Je vois avec peine que tu es tombé derechef dans certains embarras... Vous avez encore été un dissipateur, je gage ?

O-DONEL neveu.

Oui: mais du moins, ce n'a pas été sans agrément, sans gaieté, & cela console de ce qui arrive : Ensuite, point d'ennui : Que de gens meurent d'ennui !.. Mourir d'ennui, c'est en d'autres termes, mourir de bêtise !

Madame LÉNÉGAN.

Ah! mon Frère, c'est toujours vous! La vivacité, l'enjouement, la franchise, & la folie.

O-DONEL neveu.

Oh ! je serois parfait, si je possedois la bourse de l'Oncle d'Irlande! Tu es en puissance de Mari ! tu ne peux me rien prêter : Il n'y auroit que l'Oncle d'Irlande pour me tirer delà : mais il est bien loin !

Madame LÉNÉGAN.

Ah ! oui mon Frère, bien loin. (*à part*). Qu'il m'en coûte de lui taire...

O-DONEL neveu.

Je ferois partir un Ballon, qu'il n'arriveroit pas à temps ?

Madame LÉNÉGAN.

Que dis-tu ?

O-DONEL neveu,

Oh! rien, rien. Adieu, ma Sœur. Si Patrice vient, vous lui direz qu'il songe au Brocanteur?

Madame LÉNÉGAN.

Au Brocanteur! Ah! ce mot me déchire
l'ame & l'oreille. Je vois tout dans ce mot.

O - DONEL neveu.

Va, va, je ne suis pas à plaindre; sèche tes
larmes. Tu viendras me voir en prison, n'est-
ce pas? J'y compte... Je compte sur toi?

Madame LÉNÉGAN.

Que vous m'affligez, mon Frère !

O - DONEL neveu.

Un honnête Homme peut être emprison-
né; l'imprudence n'est pas un crime : L'Oncle
d'Irlande tempêtera beaucoup! & toi, tu me
consoleras... tu m'aideras à lui écrire, à faire
ma paix... Et le Mari, toujours le même ?

Madame LÉNÉGAN.

Ah ! mon Frère, respectez ma douleur...

O - DONEL neveu.

J'appellerois volontiers, moi, voyant les
Femmes si malheureuses, le code des loix,
L'histoire des fautes commises par les Sages.

Madame LÉNÉGAN.

Paix, paix, étourdi? Quand on est livré à
la dissipation, on n'est pas fait pour parler
là-dessus.

O - D O N E L neveu.

Tout ce que tu voudras... pourquoi es-tu née fille ? Nous aurions fait enfemble toutes nos parties de plaisir.

Madame L É N É G A N.

Paix, encor un coup! Je ne fuis pas févère, mais...

O - D O N E L neveu.

Pardon: L'extrême fageffe a le droit d'impofer filence à l'extrême folie. Adieu, ma Sœur, je crois bien que c'eft toi qui feras la première visite... Point de fauffe démarche, tu feras fûre de me trouver, & à toute heure.

S C Ê N E I I.

Madame LÉNÉGAN, *feule.*

TOUJOURS enjoué, & non moins fenfible!... Ce qui m'a coûté le plus, c'eft de n'avoir pu lui dire que l'Oncle d'Irlande, après lequel il foupire tant, étoit juftement ici. Mais le filence m'eft ordonné.... J'entends quelqu'un... C'eft lui. Je fais ce qui l'amène : quittons la place , je ferai bientôt rappellée. Préparons nous à ce moment décisif. (*elle fort*).

SCÊNE III

O-DONEL oncle, LÉNÉGAN.

O-DONEL oncle.

ME voici, comme je vous l'avais promis, Monfieur.

LÉNÉGAN.

Eh bien ? avez-vous refléchi mûrement à mes propositions ?

O-DONEL oncle.

Non: car il n'y a point à réfléchir : Quand deux Etres qui fe font juré une éternelle fidélité, veulent fe féparer, fans motifs légitimes, fur quoi peut-on réfléchir alors ? Vous êtes abfolument décidé, Monfieur ?

LÊNÉGAN.

Oui: mon deffein eft fi ferme, qu'il ne dépend plus, en ce moment, que de quelques formalités.

O-DONEL. oncle

Faites defcendre ma Nièce ?

LÉNÉGAN.

Elle va venir, Monfieur. (*Il fait figne à un Domeftique.*) Agréez-vous les offres que j'ai faites pour fa penfion ?

O-DONEL oncle.

Je vous en aurois même difpenfé: Je

reprends ma Nièce chez moi, & j'espère qu'elle ne manquera jamais de rien.

LÉNÉGAN.

Cependant, il est de mon honneur que tous les arrangemens soient pris. Je ne veux pas qu'on dise, que j'ai profité en rien, lors de cette séparation : Ainsi, je vous prie d'ajouter ceci à nos derniers arrangemens : Je paye l'intérêt de la dot stipulée. (*Il lui donne un papier*). Voyez ?

O - DONEL oncle.

Soit, Monsieur, puisque vous l'exigez. (*Il se met à écrire à une table*). J'aurai fini bientôt. Ma Nièce va-t-elle paraître ?

LÉNÉGAN.

La voici, Monsieur.

SCÊNE IV

LES PRÉCÉDENS: Madame LÉNÉGAN.

O - DONEL oncle, *à sa Nièce.*

Tu devines, sans doute, pourquoi je t'ai fait appeller ?

Madame LÉNÉGAN.

Helas ! oui, mon cher Oncle. Mais au point où en sont les choses.... J'attends....

O-

O-DONEL oncle.

Vous voulez donc me donner ce chagrin,
à moi?

Madame LÉNÉGAN.

Il ne peut plus se resoudre à vivre davantage avec moi !

LÉNÉGAN.

Ni elle avec son Epoux?

O-DONEL oncle.

Ainsi tous les deux vous renoncez l'un à
l'autre?

Madame LÉNÉGAN.

Il le faut bien.

LÉNÉGAN.

Vous entendez, elle le veut.

O-DONEL oncle, *se levant, tenant
un papier.*

Ton Mari te laisse une pension de huit mille livres. Est-ce là votre volonté à l'un &
à l'autre ?

Madame LÉNÉGAN.

Je suis contente.

LÉNÉGAN.

Et moi aussi, très-certainement.

O-DONEL oncle.

Il est donc inutile de vous faire davantage aucune remontrance. . . .

LÉNÉGAN.

Ma résolution doit être ferme.

E

Madame LENEGAN.

Er la mienne inébranlable.

O-DONEL oncle.

Il faut donc, malgré moi, y confentir. Ecou-
tez : toute féparation eſt ſcandaleuſe, & le
Public ne s'y trompe pas, je vous en avertis :
vous vous dérobez volontairement à l'eſtime
des honnête Gens , laquelle vous environnoit,
& vous touchez au malheur , à l'affreux dan-
ger de connoître un jour la haine : car quand
les torts réciproques ne s'arrêtent pas , ils s'ac-
cumulent. Allez donc , & ſignés cet écrit fatal..... Qui m'eût dit que vous m'oblige-
riez un jour à vous féparer après vous avoir
unis! (*ils ſignent*). Voila qui eſt donc ter-
miné..... & mon chagrin, helas! fera éter-
nel.

Madame LÉNÉGAN.

J'ai ſigné.....

LÉNÉGAN.

C'eſt une affaire qu'il fallait finir! (*ils s'é-
loignent*).

O-DONEL oncle.

Attendez: revenez: Je n'y avois pas pen-
ſé. Voici une difficulté qui s'offre à ma mé-
moire , & qui doit être levée ; ou, d'après toutes les loix, je garde le papier.

LÉNÉGAN.

Il n'y a plus de difficulté, Monſieur : nous
ſommes d'accord ſur tout.

O - D O N E L oncle.

Pardonnez-moi; elle exifte, & vous allez
en juger.... Avec lequel des deux reftera
l'Enfant?

L É N É G A N, *vivement.*

Plaifante objection! avec moi, fans doute! je fuis le Père.

Madame L É N É G A N, *plus vivement.*

Vous n'y penfez pas, Monfieur! c'eft avec
moi; je fuis Mère.

O - D O N E L oncle

Tout doucement: Vos droits font les mê-
mes, abfolument égaux. Voilà pourquoi il
faut ftipuler de nouveau.

Madame L É N É G A N.

On m'arracherait plutôt la vie, que mon
Fils...

L É N É G A N.

Quelle déraison! L'Enfant eft à moi, &
je vous l'abandonnerois! Cela eft impoffible.

Madame L É N É G A N.

Je fuis bonne Mère: Ce fein l'a nourri:
C'eft moi qui dois l'élever.

L É N É G A N.

Son éducation ne fera pas faite par un
autre que par fon Père.

Madame L É N É G A N.

Elle fut commencée par moi: J'acheverai
l'ouvrage.

E 2

LÉNÉGAN.

Voila une prétention bien vaine!

O-DONEL oncle.

Il faut cependant vous décider sur cet objet important: Voulez-vous que l'Enfant choisisse entre vous deux?

Madame LÉNÉGAN, *en riant.*

Oh! je le veux bien: Il est à moi; jamais mon Enfant ne me quittera. Non jamais.

LÉNÉGAN.

Je connois mon Fils; il restera avec moi. Qu'on l'appelle. (*Un Domestique sort*).

O-DONEL oncle

Qu'importe à qui il restera? Je vous recommande, en ce moment, de lui donner une éducation, qui le sauve des erreurs inconsiderées de l'amour-propre , & des petitesses dangereuses d'un orgueil trop délicat. Je souhaite que vous puissiez vivre heureux, chacun de votre côté, avec le souvenir de vous être aimés, & d'avoir abjuré un sentiment si pur. Puissiez-vous trouver à l'avenir un bonheur, dont vous m'aviez tant de fois vanté les charmes! Vous sayez que vos bouches m'ont remercié de l'union que mes mains avoient formée, & vous ne vous éloignés l'un de l'autre, que pour rompre avec moi, qui suis le lien naturel entre vos cœurs. Ah! je les ai mal connus, puisqu'ils peuvent s'ouvrir, en ma présence, aux sentimens de l'aversion & de l'inimitié!

SCÊNE V.

LES PRECEDENS: REHDI.

O-DONEL oncle

LE voici! il va vous mettre d'accord. Qu'aucun de vous ne le prévienne, ne le regarde, ne l'interroge; car c'eft à moi à lui parler...... Rehdi, écoute-moi: Il faut que
tu choisiffes, en ce moment, de refter toujours
avec ta Mère, ou avec ton Père ?

Madame LÉNÉGAN.

Tu refteras avec moi, mon cher Fils ?

RHEDI.

Oui, ma chère Maman.

LÉNÉGAN.

Tu veux me quitter, mon Fils ?

REHDI.

Non, mon Papa, je veux refter avec toi.

O-DONEL oncle.

Attendez fa décision, & ne foyez pas tous
les deux fi précipités. (*prenant l'Enfant par
la main*) Mon petit Ami, fais attention à ce
que je vais te dire, & réponds-moi : Ton Père
& ta Mère vont voyager chacun de leur côté,
& fe féparent pour longtemps.... mais bien
longtemps! Il faut que tu leur difes avec
lequel des deux tu veux refter ?

LÉNÉGAN.

C'eſt avec moi, n'eſt-il pas vrai?

Madame LÉNÉGAN *avec un cri.*

Avec ta Mère, mon cher Enfant!

REHDI.

Avec Papa, avec Maman: Je ne puis aler de ce côté-ci, ni de ce côté-là: Il faut que je reſte là, toujours au milieu de vous : car je ne puis pas ſéparer mon cœur en deux. Pourquoi avez-vous l'air fâchés ? (*les prenant par leurs habits*) Vous ne vous en irez pas, ou nous nous en irons tous-trois enſemble. Vous reſterez tous-deux avec moi, afin que je vous embraſſe tous les jours, comme je fais à préſent. Baisez-moi! (*Le Père & la Mère ſe baiſſent en même temps pour embraſſer leur Enfant ; leurs regards ſe rencontrent avec attendriſſement ; leurs bras s'entrelaſſent*).

LÉNÉGAN.

Veux-tu me pardonner!

Madame LÉNÉGAN.

Je te répons par mes larmes.... J'oublie tout : J'étois une inſenſée.

LÉNÉGAN.

Tu es ma Femme... ce cœur n'a pas ceſſé d'être à toi.... Ah! c'eſt pour la vie! (*Ils s'embraſſent tenant leur Fils entre leurs bras*).

O - DONEL oncle, *avec le plus grand déve-*

lopement, & déchirant l'Ecrit audeſſus de leurs têtes.

Je te remercie, Nature! c'eſt toi qui m'as inſpiré, & tu ne m'as point trompé!

REHDI.

Ah! mon Oncle! pourquoi pleurez-vous?

O-DONEL oncle.

Mon Ami... mes Enfans... ce ſont les plus douces larmes que j'aye verſées! Reſpectez le tendre lien qui vous réunit à jamais. Auriez-vous pu vous écarter de cet Enfant? & n'êtes-vous pas bien tous-trois enſemble?

Madame LÉNÉGAN.

Il eſt vrai... il eſt vrai, mon Oncle.

LÉNÉGAN.

Le paſſé n'eſt plus. Que la plus douce harmonie faſſe, deſormais, le charme de notre union.

O-DONEL oncle.

Alez, mes Enfans; vous avez besoin de vous remettre de cette émotion. O mes Amis! ne l'oubliez point!

Madame LÉNÉGAN.

Nos cœurs feront inſéparables.

O-DONEL oncle.

Il y a d'autant plus de ſageſſe à dompter ſon humeur, que l'on ne ſe défie jamais aſſés du tort qu'elle nous fait. Allez... Laiſſez-moi un inſtant... Faites entrer Patrice. Il doit être ici: J'ai à lui parler.

SCÊNE VI.

O - DONEL oncle, *seul.*

Voila déja un doux triomphe! En obtiendrai-je un second?... J'ai commencé par ce qu'il y avoit de plus preſſé... Toucherai-je le cœur du Frère, ςomme j'ai touché celui de la Sœur? Oui! j'ose l'eſpérer: car l'Homme qui n'eſt pas entièrement pervers, devient jaloux de montrer enfin autant de bonté, que les autres lui en témoignent.

SCÈNE VII.

O - DONEL oncle, PATRICE.

O - DONEL oncle.

Mon pauvre Ami, je ſuis au comble de la joie! Ils ſont reconciliés.

PATRICE.

Combien je partage le plaiſir que vous en reſſentez!

O - DONEL oncle.

Mais, ma ſatisfaction ne ſera complette, que quand j'aurai jugé par moi-même le cœur de mon Neveu... S'il alloit m'échapper!

PATRICE.

PATRICE.

Son cœur est bon ; il n'a point de méchanceté: mais la tête est bien legère.

O-DONEL oncle.

Avec un peu de temps, le cœur la corrigera. Il faut être bon jusqu'à un certain point, pour rendre tel autrui... Tu le quittes : que fait-il ?

PATRICE.

Il chante, il rit au milieu de son desordre. Imaginez-vous qu'il m'a demandé un Usurier, qui lui prêtât de l'argent, n'importe à quel prix. Après avoir vendu son mobilier, il cherche à se defaire des Portraits de sa Famille, qu'il m'a fait mettre en un tas...

O-DONEL oncle.

Des Portraits de sa Famille ! Ceci n'est plus legèreté, étourderie : Je crains fort.... Les Portraits de ses Ancêtres ! voila qui m'alarme, qui m'indigne... Il veut parler, dis-tu, à un Usurier ?

PATRICE.

Oui ; pour vendre tous ses Ayeux.

O-DONEL oncle, *à part.*

Il veut du moins s'acquitter. (*haut*) Mais ma tendresse m'aveugle peut-être... Eh bien, je serai cet Usurier-là : va prendre un manteau, une perruque rase, & je me deguiserai... Si je m'étais trompé, à son égard,

F

mon cher Patrice, je fuirais dès demain en Irlande.... Mais non ; je crois à ſes remords : Il me recompenſera du ſoin que j'ai pris, pour venir voir ma Famille en France. Aurait-il un autre cœur que celui de ſon Père ?.... Alons tout préparer pour mon déguiſement. On peut faire, dans la vie, pluſieurs actes de bonté, ſans avoir fait une bonne action : c'eſt de celle-ci que je ſuis jaloux, & une indulgence exceſſive ne ſerait plus alors ni bonté, ni vertu.... Sondons les derniers replis de ſon caractère.

Fin du II Acte.

ACTE TROISIÉME.

SCÈNE I.

O-DONEL neveu, *seul.*

PATRICE ne revient point !.... Il eſt bien inconcevable qn'on ne puiſſe pas avoir de l'argent, quand on conſent à le payer ce qu'on veut ! Ces Marchands d'écus, de tous les Vendeurs ſont les plus intraitables. Ils ſavent deviner au juſte le degré du beſoin qui vous preſſe. Voulez-vous acheter : vous auriez de quoi placer un million dans une matinée: Voulez-vous revendre ; vous ne trouvez pas une obole... Et il y a des loix !... Je ferai le ſacrifice que l'on voudra : car celui-là eſt grandement dupe, qui ne conſent pas dans certaines circonſtances à l'êrre un peu..... Mais, ſi je ne me trompe, à l'encolure, voici le brave Uſurier ou brocanteur, car c'eſt bien, je crois, tout un.

SCÊNE II.

O-DONEL oncle, PATRICE,

O-DONEL neveu.

O-DONEL oncle.

Mais enfin, eft-ce ici le lieu?... Je marche depuis près d'une heure... Quel chemin!

PATRICE

Oui, Monfieur, c'eft ici.

O-DONEL oncle.

Dieu foit loué!... Ah!... & où eft celui qui a befoin de mon miniftère?

PATRICE.

Vous le voyez devant vous.

O-DONEL neveu.

C'eft moi, Monfieur. Voici en deux mots de quoi il s'agit ; car je ne fais pas diffimuler : Vous faurez tout, en peu de paroles. Je fuis un étourdi, que la néceffité force d'emprunter de l'argent. Vous en avez, ou vous pouvez m'en trouver, cela m'eft égal. J'aime mieux acheter l'argent tout ce que l'on voudra, plutôt que d'en manquer.

O-DONEL oncle.

Votre franchife me plaît. Cependant, malgré mon desir de vous être utile, je ne puis vous prêter de l'argent fans l'intervention d'un Ami.

O - D O N E L neveu.

Intervention! foit, je fuis au fait de la langue. Traitez-moi bien , je vous recommanderai à mes bons Amis. Je n'en manque pas. A coup fûr, vous ferez avec eux d'excellentes affaires.....

O··D O N E L oncle.

Quelle fureté me donnerés-vous pour cet argent? Avés-vous des Terres ?

O - D O N E L neveu.

Des Terres! Je ne poffede pas un arbriffeau, excepté le cerifier, qui eft dans un pot de terre fur ma fenêtre.....

O ·· D O N E L· oncle.

Vous avés fans doute quelques effets?

O ~ D O N E L neveu.

Ils ne reftent pas longtemps avec moi : Comme je crains de les perdre, je m'en défais. Je n'ai que deux fufils & une épée ; point d'argenterie, parce-que je ne mange jamais chés moi.

O - D O N E L oncle.

Vous n'avés pas trop l'air du fouci, ni de l'inquiétude..... Vous portés un visage fleuri.....

O - D O N E L neveu.

Ah! ce visage là, je le dois à mon Trai-

reur..... Il eſt bien juſte qu'il ſoit ſatisfait
le premier..... Mais connoîtriés-vous par
hasard ma Famille ?

Ó - D Ó N E L oncle.

J'en ai entendu parler confusément?

O - D Ó N E L neveu.

Sachés que j'ai en Irlande un Parent, un
Oncle , duquel j'attends une riche ſuc-
ceſſion.

O - D O N E L oncle.

J'ignore abſolument quelles ſont vos pré-
tentions ſur lui.

O - D O N E L neveu.

Elles ſont très-étendues , & il eſt dans
l'intention de me faire ſon héritier.

Ó - D O N E L oncle.

En êtes-vous certain ?

O - D O N E L neveu.

Cela eſt indubitable..... J'ai de ſes Lettres pleines de tendreſſe : Il eſt un peu mo-
raliſeur, le cher Homme, mais il m'aime
beaucoup.

O - D O N E L oncle.

Il vous tarde ſans doute de le voir mourir,
afin de jouir de l'héritage ?

O - D O N E L neveu.

Moi ! non en vériré ! au contraire, je ſe-
rois au deseſpoir d'apprendre ſa mort. Mais
je ſuis ſon héritier, enfin, puiſqu'il me pré-

che par Courrier : Je vous payerai après son décès.

O - DONEL oncle.

S'il allait vous faire attendre ?

O - DONEL neveu.

Tant mieux, tant mieux ! qu'il vive long-temps ! car obfervés que je ne m'engage envers vous, que lorfque fa fucceffion fera ouverte. Vendés-moi l'argent ce que vous voudrés; je ne chicane point là-deffus; ne chicanés pas auffi fur le délai.

O - DONEL oncle.

Mais n'avés-vous rien à vendre ? Il me femble avoir entendu dire à votre Homme de confiance, que votre Père, à fa mort, vous avait laiffé une bibliothèque confiderable ?...

O - DONEL neveu.

J'en ai fait de l'argent, il y a fix mois. Jouir, c'eft être fage ; les Livres ne m'auraient jamais apporté autant de plaifir, que m'en a fait l'argent que j'ai reçu. Et puis, on n'a pas befoin de tant de fcience, quand on veut être heureux.

O - DONEL oncle

Quoi ! Monfieur, vous avés vendu vos Livres, qui vous auraient amufé, inftruit, confolé ?

O - DONEL neveu.

Trifte reffource, pour l'amufement ! Il y

a des distractions infiniment plus agréables :
D'ailleurs, c'est bien peu de chose qu'un
Savant! Je ne veux point être savant, moi,
parce que j'ai remarqué que tous ces Messieurs-
là étaient fort tristes. Puis avec tant de Livres, c'est toujours l'esprit des autres que
l'on montre : J'aime mieux le mien, tout
pauvre qu'il est, que celui d'emprunt.

O - D O N E L oncle.

Mais, cependant la science, monsieur....

O - D O N E L neveu.

La science! Il est impossible de rien savoir
parfaitement : Il y a, entre l'Ignorant & le
Savant, une différence fort peu sensible,
& des ressemblances très-nombreuses.... Te-
nés, monsieur, la vie est courte ; il n'y a de
bon que la gaîté.

O - D O N E L oncle.

Que vous reste-t-il donc, dont vous puissiés
disposer ?

O - D O N E L neveu.

Rien, que les Portraits de mes Ancêtres.

O - D O N E L. oncle.

Et vous avés le projet de les vendre?

O - D O N E L neveu.

Oui, c'est mon intention. Quel service
pourraient-ils me rendre aujourd'hui, si ce
n'est celui-là ? Ce sont d'excellens Origi-
naux !... Vous allés en juger... Vous re-
connaîtrés

connaîtrés les plus habiles Maîtres du siècle dernier.

O - D O N E L oncle.

Quoi, Monsieur, vous me vendrés vos Grand's-Tantes, vos Grands-Oncles? Ah!

O - D O N E L neveu.

Ayeux, Ayeules, toute la Famille, au plus offrant: Je n'ai plus que cette ressource, & j'en use... Je vais vous les apporter.

S C Ê N E I I I.

O - D O N E L oncle, PATRICE.

O - D O N E L oncle.

CE trait me paraît impardonnable! Quelle insouciance!... Voyons la suite, mon cher Patrice? Je tremble que son caractère...

PATRICE.

Il faut l'écouter jusqu'au bout: Il lui échappera peut-être quelques reflexions, qui pourront justifier une partie de sa conduite.

O - D O N E L oncle.

Sa conduite me paraît repréhensible en tout point. Oh! je partirai dès ce soir.... Non, je n'aurais pas cru...

G

SCÊNE IV.

LES PRÉCÉDENS: O - DONEL neveu,
arrivant avec deux Domeſtiques, qui portent
pluſieurs Tableaux.

O - DONEL neveu.

IL eſt naturel qu'un Homme qui a beſoin
d'argent, s'adreſſe de préference à ſa Famille...
Allons, allons, la Famille, qu'elle vienne à
mon ſecours !.... Qu'avez-vous ? vous pa-
raiſſez faire mauvaiſe mine à mes chers
Parens ?

O - DONEL oncle.

Aucunement.

O - DONEL neveu, *étalant ſes Tableaux.*

Tenez, voici tous mes Ancêtres. Je vou-
drois bien avoir leurs vertus : mais ils ont
preſque tout gardé, & m'ont laiſſé peu de
choſe, de ce ce côté-là. On était bien grave, de leur temps ! Voyez leur contenance
ſérieuſe ? La pâte d'Homme, alors, était plus
large & plus compacte que de nos jours. Voilà pourquoi nous ſommes frivoles, nous autres..... Tout cela eſt fort bien peint, con-
venez ?

O - DONEL oncle.

Oui, je l'avoue... C'eſt d'un pinceau....

O - D O N E L neveu.

Mes Ancêtres avoient de fort belles têtes, au moins, de grands fronts ! Ils m'ont délegué moins de cervelle en partage : Voyez, voici un de mes Oncles, qui s'eſt fait peindre avec cette bleſſure à l'œil, qu'il reçut à l'affaire de *Crémone ?* En voici un autre, qui fut Echevin, & qui eſt envelopé dans ſa majeſtueuſe perruque. Oh ! s'il était vivant quelle leçon il me ferait ! Mais autre ſiècle, autres mœurs. Que dites-vous de ces Peintures ?

O - D O N E L oncle.

Elles ſont des plus grands Maîtres.

O - D O N E L neveu

Aſſurément. (*Feſant le connaiſſeur*). C'eſt d'un *flou...* le clair obſcur, les teintes.....
Voici une de mes Tantes, qui s'eſt obſtinée, à mourir fille ; elle s'eſt fait peindre en Bergère : remarquez ſon air innocent : elle paraît auſſi douce que le troupeau qu'elle ſemble mener paître. Eh-bien ! je donnerai ma grand'Tante morte fille , ſon troupeau, & tous ſes charmes pour vingt louis... Ce n'eſt pas cher. Les Moutons ſeuls valent cela.....

O - D O N E L oncle.

Je prends ce portrait.

O - D O N E L neveu.

Prenez donc auſſi les Couſines : Les Fem-

mes, dans ce temps-là, n'employaient rien de
faux, pour relever leurs attraits. Ah! que
cette chevelure est naturelle, & bien rendue!..
Voici un de mes Parens, qui fut Commerçant,
& qui se moquait, dit-on, de l'Echevin &
du Capitaine : on dit qu'il était un peu
Juif.

O - D O N E L oncle.

Je ne lui en trouve pas la phisionomie.

O - D O N E L neveu.

J'ignore son dégré de parenté avec moi ;
car je ne me sens en rien son allié. Regar-
dez ce grave Conseiller, qui fut juge ; &
ce qu'il y a de très remarquable, c'est que ce
sera pour la premiere fois qu'il sera acheté,
ou vendu.

O - D O N E L oncle.

Je le prends.

O - D O N E L neveu.

Bien !... Pour la rareté du fait... quinze
louis..... Mais il ne faut pas séparer cet
autre Echevin, à la mine joufflue, & qui est
mort sortant de table. Nous aurions été
amis avec celui là. A coup sûr je tiens un
peu de lui.

O - D O N E L oncle.

Tenez, vendez-moi l'ensemble ?

O - D O N E L neveu.

Volontiers : Je vous donnerai toute la

corporation, pour cent cinquante louis...

O.- D O N E L oncle.

J'y confens ?

O - D o n e l neveu.

Argent comptant...... C'eſt ma condition.

O - D o n e l oncle.

Soit, argent comptant. (*Pendant ce temps,*
O - Donel neveu, va embraſſer Patrice, en
diſant)?

O - D o n e l neveu.

Tu m'as amené un excellent Homme !
Ma foi c'eſt bien trouvé !... Où as-tu déter-
ré cela ?.... (*ſaluant les Portraits*). Grand-
merci, mes Ayeux.

P A T R I C E.

Ah ! oui, excellent Homme.... Mais il me
ſemble qu'il veut vous dire quelque choſe.

O - D o n e l neveu.

Ah ! qu'il ne ſe retracte pas ! Prends - y
gïrde ! je retomberais dans l'embarras le plus
cruel.

O - D o n e l oncle.

J'ai remarqué, monſieur, que vous ne m'a-
vez pas encore parlé de ce *petit Portrait* oval,
attaché, là, au deſſus de votre ſecretaire.

O - D o n e l neveu.

Lequel ! Cette petite Figure ?

O - D O N E L oncle

Oui, cela me paraît bien peint ; mais très bien ! Quel eſt ce portrait ?

O - D O N E L neveu.

C'eſt celui de mon Oncle, qui ſe fit peindre avant que d'aler en Irlande. Et tout le monde m'aſſure qu'il eſt parfaitement reſſemblant.

O - D O N E L oncle.

Il a une figure deshéritante ; qu'en penſez-vous ?

O - D O N E L neveu.

Non ! je lui trouve un air de bonté, & ſa phiſionomie ne dément pas ſon cœur.

O - D O N E L oncle ?

J'imagine que l'Oncle d'Irlande ſuivra facilement le reſte de ſa Famille.

O - D O N E L neveu.

Vous vous trompés ! je ne le vendrai point, celui-là ; je le conſerverai auſſi longtemps que j'aurai une chambre pour l'y placer ; & ſi je n'avois plus qu'un grenier, je l'y placerois encore avec reſpect , tant ſa vue m'eſt chère.

O - D O N E L oncle.

Ce *Portrait* me plait ſingulièrement! Je vous en donnerai un prix raiſonnable.

O - D O N E L neveu.

Vous ne l'aurez pas!.. Prenez les autres ;

mais ne m'enlevez pas celui qui fut mon Bien-
faiteur, dans tous les temps ; je ne regarde
jamais son image, sans être attendri.

O-DONEL oncle.

Il est d'un fini precieux, & j'en fais plus
de cas, à lui seul, que de tous les autres... Je
vous en donnerai autant, que pour tous ceux
que je viens d'acheter.

O-DONEL neveu.

Il est inutile, absolument inutile du m'en
parler : Je le garde.

O-DONEL oncle.

Pourquoi ? puique je le payerai ce que
vous exigerez.

O-DONEL neveu.

Non, vous dis-je ; j'ai trop de plaisir à
le conserver : d'ailleurs il m'est utile.

O-DONEL oncle.

Comment ?

O-DONEL neveu.

Quand je veux faire quelques folies, je le
contemple. Il semble me dire, *Ne fais pas
telle ou telle chose.* Je relis une de ses Lettres, pleines de tendresse & de raison: Je
sens mes torts... J'ai fait beaucoup d'étourderies dans ma vie, je le confesse ; mais il
m'a empêché d'en faire de plus grandes...
Souvent la vue de ce précieux *Portrait* m'a
retenu sur le bord du précipice. Je m'en-

tends..... En un mot; je ne le vendrai
point.

O - D O N E L oncle.

J'en fuis fâché. Vous favez le cas que
l'on fait des *Portraits de Famille ?* on les
relègue aux greniers; ceux des hôtels, fur-
tout, en font pleins. Je les prends, parce-que je penfe que vous les racheterez; &
c'eft ce *petit Portrait* qui me le perfuade :
voilà pourquoi j'y tiens. Autrement notre
marché eft nul ; je vous en avertis.

O - D O N E L neveu.

Cela me fâche.... Mais vous ne l'aurez
point; cependant j'ai grand befoin d'argent ;
car je puis être emprifonné demain matin ;
mais je me reprocherois mon ingratitude , &
mon infenfibilité , fi j'allais livrer la figure
d'un Oncle, que j'aime, & que je refpecte.

O - D O N E L, oncle

Je vous donne trois cents louis de la col-
lection. Voyez ? (*Il tire une bourfe*) Mais je
veux qu'elle foit complette ? c'eft-à-dire que
ce *petit Portrait,* dont j'eftime la touche, y
foit compris ?

O - D O N E L neveu.

Je ferois réduit à la dernière extrémité,
que je ne le cederois point; &, s'il étoit
engagé, je me vendrois pour le ravoir. ....

O-

O-DONEL oncle (*à part*).

Oh! tout eſt pardonné. (*haut*) Puiſque c'eſt-là votre dernier mot, ma démarche eſt inutile : Je me retire. Adieu, monſieur.

O-DONEL neveu.

Adieu... Non, non... il n'y pas aſſés d'argent ſur terre pour ce *Portrait*. Je le garde pour le joindre à celui de mon Père dont il fut toujours le meilleur ami. Ils ne feront jamais ſéparés. Allons, Patrice, mar- chons gaiement le *baton blanc* à la main....

O-DONEL oncle.

Mais, Jeune-homme, vous ne ſavez pas pourquoi je le deſire tant, ce petit *Portrait?* C'eſt qu'il me reſſemble... Plus je le conſidère ..... J'étois tel dans ma jeuneſſe, regar- dez ?

O-DONEL neveu.

Vous! un Brocanteur, reſſembler à mon Oncle ! Son corps eſt un peu déformé ; mais, en recompenſe, ſon ame eſt ſi belle !

O-DONEL oncle.

Regardez-moi en face, là ? comparez ?

O-DONEL neveu.

Que voulez-vous dire ?... Ciel... quels. traits !... quel regard !

H

O-DONEL oncle, *avec ame.*

Eh-quoi ! tu m'aimes , bon Etourdi, & ton cœur ne t'a pas encore averti que je suis près de toi ! (*détachant le Portrait*). Ce *Portrait* est bien à moi... car je suis ton Oncle, ton Ami enfin.

O-DONEL neveu.

Ciel ! vous me l'amenez ici !

PATRICE. *jettant un cri.*

Oui, Monsieur, le voilà , & qui vous chérit toujours , malgré......

O-DONEL neveu.

Ah ! ma surprise & ma joie, se confondent. Quoi ! mon Oncle , sous ce manteau!... Non, je ne vous quitterai pas plus desormais , que votre *Portrait.* (*Embrassant Patrice*). Ah ! Patrice, tu m'as trahi, mais je t'en remercie.

PATRICE.

Aimez, aimez votre Oncle; c'est bien le meilleur des Hommes.

O-DONEL neveu.

Je le sais , je le vois , & je le sens encore davantage.

O - D O N E L oncle

Tiens, prends cette bourfe, paye tes dettes, & fait un meilleur usage de ton esprit.

O - D O N E L neveu.

Je tâcherai d'être fage, autant que vous êtes bon...... Cela n'est pas trop possible! mais j'en ferai une étude constante, sous vos regards.

O - D O N E L oncle.

Je pardonne tout : Le *Portrait*, placé au dessus du secretaire, plaide trop vivement ta cause... Oh! je tremblais bien que tu ne le vendisses !

O - D O N E L neveu, *vivement*.

Impossible ! Ma reconnaissance pour l'Original augmentera chaque jour.

O - D O N E L oncle.

Quand on a un bon cœur, le reste se répare. Patrice, mon vieil Ami, partage ma joie. L'âge guerira ses étourderies. Je n'aurai plus qu'à me louer de mon voyage, puisque son cœur ne fut jamais ouvert à l'oubli de mes bienfaits.

O - D O N E L neveu.

Je vous suis par-tout, mon Oncle, en Ir-

H 2

lande , au bout du monde : Mes plaiſirs deſormais , ne feront qu'où vous ſerez.... Si j'ai parlé peu reſpectueuſement de mes Ancêtres , c'eſt une légèreté que je réparerai , en vous portant , juſqu'au dernier jour de ma vie , mon tribut de reſpect & d'amour.

O - D O N E L oncle.

Viens de ce pas chez ta Sœur , & deſormais réunis.....

O - D O N E L neveu.

La voici......

S C Ê N E V. ,

& D E R N I È R E.

O - D O N E L oncle , O - D O N E L neveu ,

Madame LÉNÉGAN.

Madame LÉNÉGAN.

Ah ! mon Oncle , je vous ai vu embraſſer mon Frère..... Helas ! je venois interceder pour lui...... Tenez , voici le paquet de Lettres que vous m'avez demandées.... C'eſt-là que vous verrez ſon bon cœur....

O - D O N E L oncle.

Donne, donne. Elles y sont toutes ?

Madame L É N É G A N,

Oui, toutes, mon cher Oncle.

O - D O N E L oncle.

C'est-bien là ton écriture. (*Il lit, & rit*). Je te reconnois bien ! Ah ! tu songeois à moi, tour au milieu de ta vie dissipée ?

O - D O N E L neveu.

Oui, oui, & mon respect pour vous m'a sauvé de plusieurs extravagances.....

Madame L É N É G A N.

Par-tout vous trouverés votre nom, honoré, cheri..... Pas une Lettre qui ne l'offre... Le voici... Le voici encore.....

O - D O N E L oncle.

J'avois ton cœur... Ah ! je n'en ai jamais douté...... Ton cœur est donc resté bon ? il a pu échapper à l'ingratitude, à ce vice si général....... Allons, le passé est mis en oubli.

Madame L É N É G A N.

Mon Oncle, vous comblez la mesure de vos bienfaits. Que de graces n'ai-je point à vous rendre? Après m'avoir reconciliée avec un Epoux, vos foins paternels, me ramènent encore un Frère...... Ne nous quittons plus, & ne faisons tous qu'une même Famille.

O - DONEL oncle.

J'allois vous le proposer : Oui, que le même toît nous raffemble. Dédommagé de mes longues courfes, me fixant au milieu de vous, comme un Père tendre, je benirai... (oh ! j'en ai la douce confiance)! je benirai, le refte de mes jours, l'heureuse journée... qui a enfin réunis nos cœurs...

www.ingramcontent.com/pod-product-compliance
Lightning Source LLC
Chambersburg PA
CBHW060818180626
46818CB00002B/866